CAZAQ EL ÁGUILA

Escrito por Teresa Skinner
Ilustrado por Julian P. V. Arias and Patrick Joe Pulliam

Escrito por Teresa Skinner
Traducido por Alfonso Yañez Perez
Ilustrado por Julian P. V. Arias, Patrick Joe Pulliam,
y Jackson Muthoni

Editora: Marsha Bonfluer
Consultores: Marilyn Bread, Kiowa Nation
Norma Blacksmith, Lakota Nation

Información sobre el Águila Calva Americana
© 2009 por American Eagle Foundation
Utilizada con permiso www.eagles.org

Publicado originalmente como "Casaq el Águila" tapa dura 2009

CAZAQ THE EAGLE
ISBN: 978-1-955759-15-1

Las Águilas Calvas son monógamas, por lo que una vez que encuentran pareja solo se aparean con esta. Un Águila Calva sólo seleccionará otra pareja si su fiel compañera muere. Construyen grandes nidos, llamados aguileras, en la cima de árboles robustos y altos. Los nidos se hacen más grandes a medida que las águilas vuelven a reproducirse y añaden nuevos materiales de anidación año tras año.

Las Águilas Calvas hacen sus nuevos nidos a una media de 2 pies de profundidad y 5 pies de ancho. Eventualmente, algunos nidos alcanzan tamaños de más de 10 pies de ancho y pueden pesar bastante.

Cuando uno de sus nidos es destruido por causas naturales, suelen reconstruirlo en las cercanías.

Los nidos son revestidos de ramitas, musgos blandos, hierbas y plumas.

La caza, la incubación de los huevos, la vigilancia del nido, la alimentación y la cría de los aguiluchos son tareas compartidas por ambos padres hasta que las crías son lo suficientemente fuertes como para volar a las 12 semanas de edad, que es cuando los aguiluchos alcanzan su tamaño completo. Sólo el 50% de los aguiluchos nacidos sobreviven el primer año.

"Aunque Dios crea a cada uno de nosotros con un propósito y un plan específicos para nuestras vidas, permitimos que nuestras circunstancias definan quiénes somos. Sin embargo, Él no nos permite vivir de una manera inferior a lo que nos corresponde. Por el contrario, Él, en Su gran amor, utiliza incluso esas circunstancias para moldearnos y convertirnos en un recipiente que Él pueda utilizar".
Marsha Bonfluer

Agradecimientos especiales:
Gordon Skinner, Agnes I. Numer, Bruce Bonfluer,
Sandy Graff, Jennene Jeffrey, Virginia Russell,
Karol Skinner, Thurman Horse, Ashley Flores,
Elisa Reyes, Inee Cendana, Veronica Sanchez,
...para mí la lista es interminable.

Escuchen, hijos míos, mientras les cuento
una historia sobre un Águila.

Érase una vez, en la tierra
donde la flauta canta con el viento
y el tambor late al compás de la vida,
vivían dos Águilas...

Dos Águilas regresaron a la Montaña de la Esperanza para hacer un nido. Pronto, Papá y Mamá Águila se turnaron para sentarse tranquilamente sobre sus tres huevos, manteniéndolos calientes de las inclemencias del tiempo y frescos del ardiente sol.

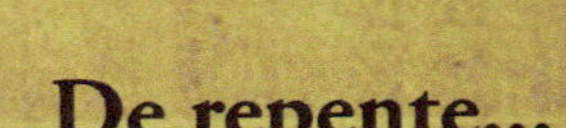

De repente...
...llegó una gran tormenta con un potente viento y una terrible oscuridad.
La tormenta envolvió el nido, sorprendiendo a Papá y Mamá Águila.
Aunque las Águilas se habían protegido a sí mismas y a su nido de la tormenta,
de alguna manera un huevo, Huevo Solitario, cayó del nido.

Creador Misericordioso observó cómo Huevo Solitario caía... muy abajo.
Permitió que un árbol con sus suaves hojas amortiguara la caída
de Huevo Solitario. Por un momento, Huevo Solitario estuvo a salvo.

Después de que la tormenta se fue, no podían encontrar a Huevo Solitario...
Papá y Mamá Águila lo buscaron, pero no estaba en ninguna parte.

Entonces llegó una última ventolera, y Huevo Solitario volvió a caer,
sólo para rodar sobre la suave hierba y aterrizar junto a una roca.

Joven Pastor, hijo de Papá Granjero, estaba cuidando sus Ovejas como
todos los días. La tormenta había cesado. Joven Pastor contó sus Ovejas,
preocupado por si había perdido algunos corderitos en la tormenta.

Todas estaban a salvo. Joven Pastor aprendió de buena manera de su Tío
a mantener el rebaño unido y a salvo durante una tormenta.

Joven Pastor volvería
por la mañana temprano.

Por ahora se apresuró a volver a casa
sabiendo que le esperaba una comida
caliente preparada por su madre.

Mientras Joven Pastor pasaba corriendo
por la imponente Montaña de la Esperanza,
miró hacia arriba.

Era una Montaña tan alta
que las nubes cubrían la cima.

Oops, Joven Pastor tropezó con una roca. ¿Qué era esto?

Joven Pastor recogió a Huevo Solitario
y lo llevó a casa en su mano
tratando de mantenerlo caliente.

Joven Pastor fue al corral de las gallinas
y encontró a Mamá Gallina, la gallina más grande.

"Por favor, Mamá Gallina,
tienes espacio para uno más.

Toma este huevo y críalo;
ya sabes lo que hay
que hacer", le dijo.

Mamá Gallina graznó cuando Joven Pastor puso rápidamente a Huevo Solitario debajo de ella. Solitario era muy grande comparado con los otros huevos que había empollado. Pero Mamá Gallina apreciaba mucho a Joven Pastor y se sentó sobre Huevo Solitario durante bastante tiempo.

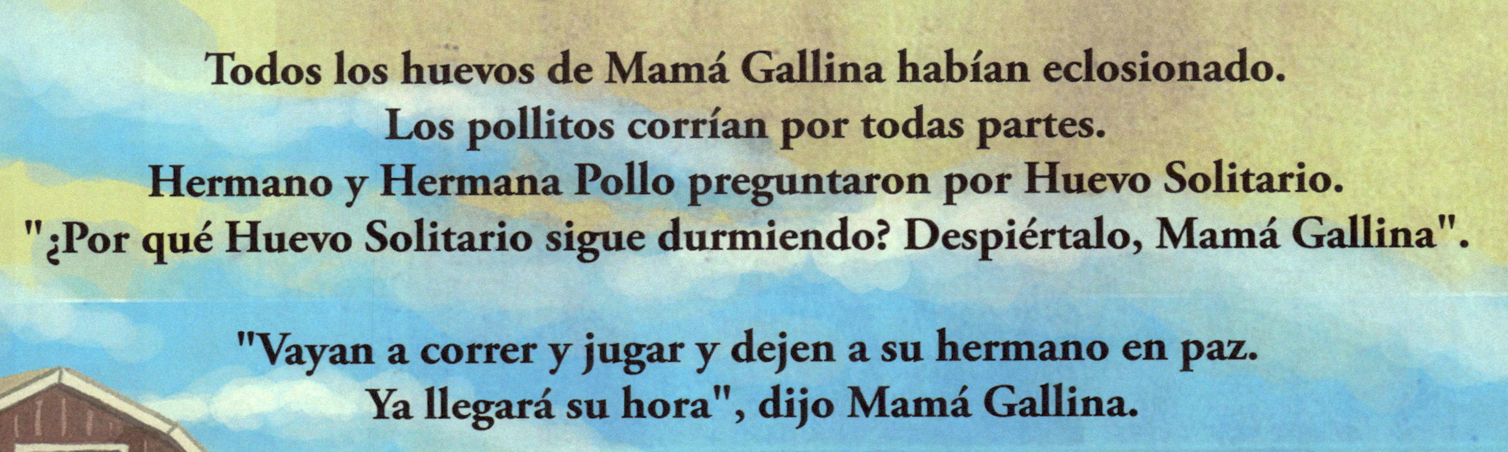

Todos los huevos de Mamá Gallina habían eclosionado.
Los pollitos corrían por todas partes.
Hermano y Hermana Pollo preguntaron por Huevo Solitario.
"¿Por qué Huevo Solitario sigue durmiendo? Despiértalo, Mamá Gallina".

"Vayan a correr y jugar y dejen a su hermano en paz.
Ya llegará su hora", dijo Mamá Gallina.

Seis días después, Huevo Solitario seguía sin eclosionar.
Finalmente, al séptimo día, Huevo Solitario se agitó violentamente
y se balanceó de un lado a otro. ¡Mamá Gallina se asustó!
¡Un gran pico atravesó la cáscara y luego apareció una
cabeza gris y peluda! "Este no es del mismo color que
mis otros pollitos; es muy fuerte y grande",
dijo Mamá Gallina.

Huevo Solitario se balanceó de un lado a otro hasta que, finalmente,
todo el cascarón se desprendió y un bebé aguilucho quedó tendido en el suelo.

"Ven a jugar con nosotros…" "…¡ven a jugar! Podemos comer grano y perseguir a los otros pollitos", dijeron Hermano y Hermana Pollo.

Mamá Gallina no tardó en responder: "Déjenlo en paz; ya vendrá cuando esté preparado".

Huevo Solitario se acostó en el nido y Mamá Gallina lo mantuvo caliente. Creador Misericordioso le dijo a Mamá Gallina que le diera a Huevo Solitario gusanos y no grano como a los otros pollitos.

Huevo Solitario no era capaz de correr y jugar con los otros pollitos.
Era tan grande y torpe que cuando Hermano y Hermana Pollo corrían
rápido, él tropezaba con sus grandes garras.

Cuando Huevo Solitario creció, los otros pollos
se dieron cuenta de su tamaño y se rieron de él.

Una mirada severa de Mamá Gallina los silenciaba a todos.
Pronto, todos los animales del granero aceptaron a Huevo Solitario,
a pesar de su gran tamaño y de que no comía grano como las demás aves.

Pasaron las semanas y Huevo Solitario se hizo más grande y fuerte que sus Hermanos y Hermanas. Los cuervos y otros animales le tenían miedo y no se volvieron a acercar a robar más aves. Ellas llamaron a Huevo Solitario "Cazaq" o Esperanza, porque mientras él estuviera allí sabían que estarían a salvo.

Creador Misericordioso permitió que la historia sobre la gran águila que vivía con las aves llegara a la Cordillera de la Esperanza, donde vuelan muchas águilas.

Tres águilas, Wisda, Deter y Compa, fueron elegidas por el Clan de las Águilas
para volarhasta el corral de aves de Papá Granjero para ver a esta gran ave.

Cuando llegaron, se quedaron sorprendidas.
"¿Cómo puede ser esto? Un Águila con la
cabeza baja y rascando el suelo para comer
como un pollo…", dijo Wisda. "

¿Cómo pudo llegar esta Águila hasta
aquí?", preguntó Deter. "

¿Podría ser el huevo que cayó
de la Montaña de la Esperanza
hace muchos años?",
se preguntó Compa.

Wisda, Deter y Compa observaron desde la distancia. Sacudieron la cabeza con incredulidad al contemplar la poderosa Águila de Creador Misericordioso, Cazaq, que no sabía quién era, mirando al suelo rascando en busca de gusanos, igual que un pollo.

Wisda, Deter y Compa tenían
que idear un plan para ayudar a
Cazaq a darse cuenta de quién era:
– una poderosa Águila.

Wisda y Compa volaron muy arriba hacia los vientos más altos
para consultar con Creador Misericordioso mientras Deter volaba
alrededor del corral de las aves y observaba a Cazaq de cerca.

La sombra de Deter cayó sobre Cazaq y todas
las aves del corral. Los pollos corrieron a refugiarse,
temían que un cuervo viniera a llevarse alguno de ellos.

Cazaq estaba luchando con un gusano y no se dio
cuenta de la sombra porque siempre tenía la cabeza baja.

Deter bajó al suelo junto a Cazaq.

Deter le habló a Cazaq, pero éste tuvo miedo y corrió detrás de Mamá Gallina. Mamá Gallina también tembló de miedo cuando vio a Deter, pero decidió que daría su vida para proteger a Cazaq.

Deter dijo con voz fuerte y poderosa:
"Mamá Gallina, dile a Cazaq quién es.
Volveré pronto y le enseñaré a volar".

Entonces la sombra se fue.

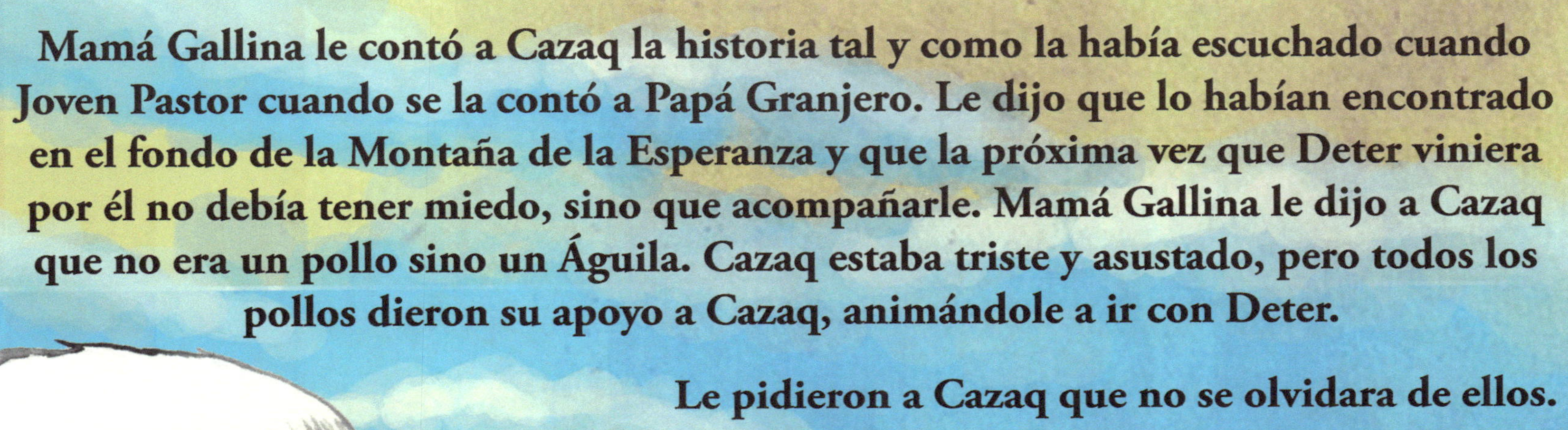

Mamá Gallina le contó a Cazaq la historia tal y como la había escuchado cuando Joven Pastor cuando se la contó a Papá Granjero. Le dijo que lo habían encontrado en el fondo de la Montaña de la Esperanza y que la próxima vez que Deter viniera por él no debía tener miedo, sino que acompañarle. Mamá Gallina le dijo a Cazaq que no era un pollo sino un Águila. Cazaq estaba triste y asustado, pero todos los pollos dieron su apoyo a Cazaq, animándole a ir con Deter.

Le pidieron a Cazaq que no se olvidara de ellos.

Un tiempo después, la
sombra volvió a aparecer y los
pollos corrieron a refugiarse.

De nuevo, Cazaq tenía
la cabeza baja y no
se dio cuenta
de la sombra.

Wisda, Deter y Compa volaron por encima de
Cazaq y todos a la vez, sin previo aviso, se lanzaron sobre él.
Juntos elevaron a esta gran ave hacia el cielo.

Las tres Águilas llevaron a Cazaq
hacia arriba, hacia las nubes.
Estaba muy asustado.

Luego, cuando estuvieron
lo suficientemente alto,
soltaron a Cazaq...

Cazaq cayó.
Parecía recordar esta sensación;
no le gustaba.

¡Cazaq estaba aterrorizado!!

Las tres Águilas volaron junto a Cazaq.
"Abre tus alas", le ordenó Deter.
"No tengas miedo", gritó Compa.
"¡Eres un Águila!", gritó Wisda.

Justo antes de que Cazaq cayera al suelo,
as tres Águilas lo atraparon con sus fuertes
alas y lo llevaron aún más alto.

Wisda dijo: "Míranos y haz lo que hacemos".

Nuevamente, dejaron caer a Cazaq.

Por primera vez en su vida, Cazaq levantó la cabeza y vio volar a las otras águilas.
Cazaq extendió sus alas y las agitó: "¡Estoy volando!"

Amortiguó su propia caída
y aterrizó de forma segura pero brusca.

Wisda, Deter y Compa aterrizaron junto a él.

"A partir de ahora mantén la cabeza alta, mira a tu alrededor y aprende",
animó Deter. "Bate tus alas todos los días para que te hagas fuerte y puedas
volar en la tormenta más intensa", explicó Compa. "Volveremos", dijo Wisda.

Cuando Cazaq volvió al corral de
las aves estaba muy emocionado.
"¡Soy un águila!", dijo Cazaq con orgullo.

Pero pronto, Cazaq se volvió arrogante
con Mamá Gallina y los demás
animales de la granja.

Un día, mientras Cazaq presumía de quién era, todos los animales
le ignoraron y una gran sombra se abalanzó sobre Hermana Pollo y
se la llevó. Todos los pollos graznaron horrorizados: "Devuélvenos a
Hermana Pollo, malvado Señor Cuervo, ¡devuélvenos a Hermana Pollo!".

Cazaq no se había dado cuenta de la sombra porque en su arrogancia sólo se
fijaba en sí mismo. Cuando Cazaq escuchó el grito de los pollos se sacudió y voló
tras Señor Cuervo, sobresaltándolo y haciendo que soltara a Hermana Pollo.

Después de colocar a Hermana Pollo en el suelo de forma segura, Cazaq se disculpó por su arrogancia. Se había olvidado de mantener la cabeza alta y de mirar a su alrededor y aprender. Si hubiera mantenido la concentración, Señor Cuervo no habría podido llevarse a Hermana Pollo.

Cazaq vigilaba cuidadosamente el corral de las aves a diario.

Había pasado algún tiempo y Cazaq escuchó un chillido que le era familiar.
Cazaq levantó la vista y vio a Deter llamándole. Cazaq voló hacia Deter y juntas,
las poderosas Águilas, volaron muy alto. Deter enseñó a Cazaq a volar
a través de las tormentas; también a cazar y a luchar.

Después de varios días, Deter se fue, y Wisda le enseñó a Cazaq
cuándo y cómo volar por sobre las tormentas.

Le enseñó a Cazaq sobre Creador Misericordioso y
los peligros de la arrogancia y el orgullo.

Wisda le mostró a Cazaq la Cordillera de la Esperanza.

Luego, Wisda llevó a Cazaq a la montaña más alta
y le dijo que descansara y se alimentara.
Volverían pronto.

En un día tranquilo, Compa volaba calmadamente con Cazaq. "Debo mostrarte algunas cosas", dijo Compa. "Esta es la Montaña de la Esperanza. Tú naciste aquí. Durante una terrible tormenta, un extraño viento te agarró cuando aún eras Huevo Solitario, y caíste de esta Montaña, pero Creador Misericordioso permitió que este Árbol te atrapara. Joven Pastor, que ahora es un hombre, te cogió y te puso bajo los cuidados de Mamá Gallina. Creador Misericordioso no permitió que Papá Granjero te destruyera cuando te encontró entre sus pollos. En cambio, Papá Granjero tuvo compasión cuando vio a Mamá Gallina cuidando de ti, que se dio cuenta de que no dañarías a sus pollos".

Cuando Creador Misericordioso se apiade de ti, no olvides a quienes te ayudaron en tu mayor momento de necesidad.

Había llegado el momento de que sus amigos le dejaran. Les agradeció su paciencia y amabilidad y les prometió que algún día volvería a la Cordillera de la Esperanza a vivir.

Cazaq voló hasta el corral de aves de Papá Granjero. Dio las gracias a Hermano y Hermana Pollo. Voló hasta el rebaño de Joven Pastor y le agradeció su amabilidad.

Cazaq advirtió a los Cuervos que buscaran otros lugares para comer. De este modo, demostró su gratitud al Viejo Papá Granjero.

Los días se hicieron más cálidos y Cazaq
sintió la llamada de la primavera.
Le dijo a Mamá Gallina que volaría
muy lejos y que no volvería esta vez.

Mamá Gallina enjugó una lágrima y bendijo a Cazaq con esta bendición:

"Cuando el Águila levante la cabeza y se dé cuenta de lo que Creador Misericordioso le tiene preparado, y cuando el Águila esté dispuesta a perdonar a Madre Tormenta, Hermana Viento y a Hermano Circunstancia que le hicieron caer, entonces Creador Misericordioso sonreirá al Águila y le devolverá su fuerza y le dará el poder de Su Espíritu. Él utilizará al Águila para traer Su placer a la tierra. Entonces, y sólo entonces, será capaz de "levantar alas como las Águilas".

Cazaq batió sus alas y volando alto en el cielo, entonó una nueva canción con todo su corazón, "¡Te perdono!" le cantó al viento, "¡Ya soy libre!" se cantó a sí mismo, "¡Puedo volar al ritmo de la vida!"

Ve, Cazaq, y no olvides de dónde vienes.

Determinación,
Compasión
y Misericordia.

Sí Cazaq, es tu momento.

¿QUÉ ES CAZAQ?

Un anciano de la tribu Crow dijo una vez que la palabra "Cazaq" significa "¿Qué es eso?".

Tal vez por eso es que Mamá Gallina le puso ese nombre. Tanto las gallinas como las agilas se preguntaban "¿Qué es eso?" cuando vieron a Cazaq con la cabeza gacha en el corral de las gallinas.

Kazakh:

En Mongolia, la caza con Águilas es una tradición traída por los kazajos que emigraron ahí para escapar del régimen comunista de Kazajistán, cuando la nación formaba parte de la Unión Soviética. La caza con Águilas es una tradición familiar y se enseña a niños de hasta 13 años a practicar este deporte. Pero entrenar a las Águilas para cazar no es fácil. Son criaturas muy inteligentes, capaces de crear fuertes vínculos emocionales con sus amos.

Credit: https://www.discovermongolia.mn/blogs/how-to-train-eagles-to-hunt-in-mongolia

¿En qué te pareces a Cazaq?
¿Cómo puedes ser Wisda, Deter o Compa para otra persona?

Chazaq :

¿Sabías que la palabra hebrea Chazaq tiene muchos significados y aparece en el Antiguo Testamento 290 veces?

¿Cuántos significados puedes encontrar en la historia de Cazaq?

Concordancia Strong: 2388
chazaq: ser o crecer firme o fuerte, fortalecer
Palabra original: קָזַח
Parte de la oración: Verbo
Transliteración: chazaq
Ortografía: khaw-zak'
Definición: ser o crecer firme o fuerte, fortalecer

Concordancia exhaustiva NAS
Definición: ser o crecer firme o fuerte, fortalecer
Traducción NASB: adoptado, se hizo poderoso, se hizo fuerte, fue arrogante,
adquirió fuerza, valiente, animado, firmemente en su poder,
le dio un fuerte apoyo, se hizo fuerte, los mantuvo firmes en su mano, ayudó, los mantuvo firmes,
haciéndose fuerte, mostrarse con coraje, mantenerse firme,
fortalecer, fortalecido, fuerte, apoyar firmemente, apoyado,
tener coraje, tener coraje y ser valiente, tuvo coraje, sostener